마음을 전할 땐 스칸디나비아처럼

COWS ON ICE AND OWLS IN THE BOG
Text by Katarina Montnémery
Illustrations by Nastia Sleptsova

"copyright ©" (Gadian, 2022)
First published in the United Kingdom by Quadrille, an imprint of Hardie Grant UK
Ltd. in 2019

은유와 재치로 가득한 세상

마음을 전할 땐 스칸디나비아처럼

카타리나 몽네메리 지음

안현모 옮김

가디언

작가의 말

정말 멋진 일이에요

지난 10년간, 스칸디나비아 미적 감각의 인기는 경이로웠습니다. 옷부터 가구, 라이프 스타일에 이르기까지 우리는 휘게Hygge니 라곰Lagom이니 하는 북유럽식 웰빙을 실천했죠. 집 안 구석구석에 이케아를 설치하기도 했고요. 덴마크 범죄수사극 〈더 킬링The Killing〉 같은 노르딕 느와르물에 열광하며 스웨덴산 미트볼을 흡입하기도 했습니다.

세계는 이제 스칸디나비아인들을 취향과 형평성 그리고 세련된 품격을 결정하는 주체로 바라봅니다. 그들의 정치인들과 법률은 더 깨어 있고, 스타일은 나무랄 데가 없으니까요.

스칸디나비아 문화에 빠져 본 적이 있다면, 그들의 특별한 언어와 유머 세계를 경험했을 거예요. 아마 누군가는 '별난' 유머 감각이라고 할지도 몰라요. '파란 벽장에 똥 싸기' 같은 은유가 전 세계 어디에서 일상 언어로 자리 잡겠어요?

알고 보면 스칸디나비아 관용구들은 매혹적이면서도 재미있습니다. 종종 동물이나 먹거리, 기후를 골고루 인용하곤 하죠. 영어에서와 마찬가지로 강아지나 고양이 같은 생명체가 빈번하게 등장하기도 하지만, 부엉이가 그렇게 중요할 줄 누가 알았겠어요? 북쪽 나라라면 으레 예상되듯, 추운 날씨나 아웃도어 라이프, 남자다운 수염에 대한 언급도 많답니다.

이런 멋진 표현들을 널리 전파해야 할지도 모르겠어요. '새우 샌드위치에 미끄러'지거나 '닭이 오줌 누는 곳을 알려 주는' 걸 누가 마다하겠어요? 소시지 국물처럼 명쾌하죠?

네, 정말 멋진 일이에요.
그럼 이제 그들의 마음속으로 들어가 볼까요?

차례

은유의 세상 스칸디나비아로

당신을 초대합니다

Bite i det sure eplet

As Snow White will attest, biting into apples is not always associated with positive results. Yet in Scandinavia, biting into a sour apple is the first step towards getting a task done. Similar to the British expression 'biting the bullet', it means that you have to deal with an unpleasant situation. In Denmark, sour apples aren't the worst thing you might face, as there they also have to swallow camels (sluge en kamel).

신맛 사과 베어 물기

Bite into the sour apple

백설공주는 증명했죠. 사과를 베어 무는 것이 늘 좋은 결과를 낳는 것은 아니라는 걸. 그러나 스칸디나비아에서는 신맛 나는 사과를 한 입 베어 무는 것이 어떠한 일을 억지로 끝내기 위한 첫 걸음이 된다고 합니다. 이는 '울며 겨자 먹기'의 영어 표현 '총알 깨물기Biting the bullet'와 비슷하게, 내키지 않는 상황을 마주해야 함을 뜻하지요. 그런데 덴마크에서는 때로 신 사과를 먹는 것보다 더한 것도 감내해야 한다네요. '낙타를 삼켜'야 할Sluge en kamel 때도 있으니까요.

MOment

시큼한 사과 한 입 앙~ 베어 물고, 총알까지 꽉 깨물고, 심지어
낙타까지 꿀꺽 삼켜도 참 하기 싫은 일이 있죠. 그럴 땐 그냥
자기 이를 악 물고 해볼까요?

Denmark

황금과 푸른 숲을 약속해

Promise gold and green forests

많은 사람이 '달과 별'에 빗대어 터무니없는 약속을 맺곤 합니다. 하지만 겸손한 스칸디나비아인들은 보다 현실적이고 달성 가능한 것들을 약속하죠. 그들은 달과 별을 대신해 '황금과 푸른 숲'을 말합니다. 이 표현은 원래 남유럽의 '황금산을 약속하다'라는 말에서 유래해요. 그런데 덴마크는 산이 전무하다시피 하기 때문에 (덴마크에서 가장 높은 지점은 대략 의자 위에 올라선 높이), 자신들의 평탄한 토지와 숲을 향한 사랑을 반영해 표현을 수정했지요.

MQ_ment

저의 예쁜 덴마크 친구에게 이 책을 보여 줬더니, 바로 이 페이지에서 손을 멈추고는 "aww~~"(♡.♡)하며 눈동자에 하트를 품더라고요! 그 얼굴이 생생하네요.

While many might promise the moon and the stars, the modest Scandinavians have gone for the more down-to-earth, achievable pledge of gold and green forests. The expression originally comes from southern Europe, where it is 'to promise mountains of gold', but since Denmark almost completely lacks mountains (the highest point in Denmark is roughly akin to standing on a chair), they have altered the expression to suit their flatlands and love of the woods.

At love guld og grønne skove

Jeg har en høne å plukke med deg

If you borrow your Norwegian friend's car and don't fill it with petrol afterwards, you can expect your friend to say that they have a hen to pluck with you next time you meet. Confused? The expression is used very much in the same way as the British 'I have a bone to pick with you'.

함께 털을 뽑을 암탉이 있어

I have a hen to pluck with you

만약 당신이 노르웨이 친구의 자동차를 빌렸다가 기름을 채워 넣지 않고 돌려준다면, 그 친구는 아마도 다음에 만나면 함께 털을 뽑을 닭이 있다고 말할지도 몰라요. 무슨 말이냐고요? 이 표현은 마치 영국인들이 무언가 따질 일이 있을 때 '함께 발라낼 뼈가 있다I have a bone to pick with you("너에게 따질 일이 있어")'라고 하는 것과 거의 똑같이 쓰인답니다.

MQ_ment

옥상으로 따라와! 같이 닭 털 좀 뽑게~!

Sweden

파란 벽장에 똥 싸고 있네

Have a shit in the blue cupboard

어떤 벽장이든 거기에 똥을 싸는 건 제정신이 아닌 일로 보일 겁니다. 하지만 19세기 스웨덴에서 빨간색 벽장에 변을 보는 것은 관례였습니다. 서민들은 가장 저렴한 빨간색 페인트로 칠해진 벽장에 요강을 두었으니까요. 반면 파란색 페인트는 염료 가격이 비싸서 고급 가구에만 쓰였어요. 특히 도자기나 식탁보를 보관하는 벽장으로 말이죠. 그런데 술에 취한 스웨덴 사람이 비틀비틀 식탁에서 걸어가 색을 구별하지 못하고 잘못된 벽장에 볼일을 본다면 얼마나 부끄러운 일일까요! 오늘날 이 표현은 누군가가 바보 같은 짓을 했거나 하지 말아야 하는 행동을 했을 때 사용된답니다.

MQ_ment

설마 벽장 안에 덩그러니? 그건 아니겠죠…! 파란 벽장 안엔 적어도 도자기라도 있을 테니까요!?

Pooping in any kind of cupboard might seem like an odd thing to do, but in 19th-century Sweden defecating in a red cupboard was de rigueur. Commoners stored their chamber pots in cupboards painted red, since this was the cheapest paint colour. Blue, on the other hand, was an expensive hue, used only for the finest furniture, and particularly for cupboards containing porcelain and table linen. Imagine the embarrassment a drunken Swede might bring upon himself by staggering away from the dinner table and doing his business in the wrong cupboard. These days the expression is used when someone has made a fool of himself or done something he should not have done

Även små grytor har öron

In the English language 'walls have ears' – imagine the secrets they could reveal. In Sweden small pots really do have ears – the handles on cooking pots are known as 'ears' – so they know all about the burnt meatballs, overproved cinnamon buns and close encounters in saunas. This phrase is used by adults to warn each other that children are in the vicinity and should not be allowed to overhear the conversation ('not in front of the children!').

Sweden

작은 냄비에도 귀가 달렸잖아

Even small pots have ears

영어로는 '벽에도 귀가 있다Walls have ears'라고 하죠. 늘 주변에 서 있는 벽이 얼마나 많은 비밀을 간직하고 있을지 상상해 보세요. 스웨덴의 작은 냄비들에는 진짜로 귀가 달렸습니다. 조리용 냄비 손잡이를 '귀'라고 부르니까요. 다시 말해 냄비들은 당신이 태워 먹은 미트볼과 너무 부풀려 버린 시나몬 번, 그리고 사우나에서의 은밀한 접촉을 모두 알고 있다는 말이죠. 이 표현은 아이들이 가까이 있으니 대화를 조심하자고 어른들끼리 서로 입단속할 때 사용한답니다. ("앞에 애들 있잖아!")

MQ_ment

양쪽에 봉긋하게 귀가 달린 귀여운 냄비를 상상하니,
애니메이션 〈미녀와 야수〉가 떠오르네요. :)

Denmark

오, 맛있는 청어여

A delicious herring

이런 장면을 떠올려 보세요. 로맨틱한 레스토랑에 테이블이 있고, 열정이 넘치는 젊은 사내가 연인에게 다이아몬드 반지를 건넵니다. 환하게 웃는 아가씨는 이를 받아들이며 손을 내밀죠. 감격에 찬 사내는 그녀의 손가락에 반지를 끼워줍니다. "그대는 나를 지구상에서 가장 행복한 남자로 만들어 주었어요, 나의 맛있는 청어여…." 일반적으로 사람을 생선에 비유하는 것은 그다지 칭찬으로 생각되지 않지요. 그렇지만 스칸디나비아에서는, 특히 덴마크에서는, 청어를 대단히 고귀하게 여겨요. 그러니까 당신이 열망하는 상대를 '맛있는 청어'라 칭하는 것은 당신이 선물할 수 있는 최고의 칭찬 가운데 하나랍니다.

MQ_ment

아니, 그럼 다이아몬드 반지를 청어 모양으로 디자인하면
최고의 프러포즈가 되겠군요…!

En lækker sild

Picture the scene: a table at a romantic restaurant – an eager young chap proffers a diamond ring to his beloved, and proposes. The lady beams and accepts, her hand thrust out. Overjoyed, he slips the ring onto her finger: 'You have made me the happiest man alive, you delicious herring…' To be likened to a fish wouldn't usually be regarded as much of a compliment, but in Scandinavia, and Denmark specifically, herrings are thought of very highly. Calling the object of your desire 'a delicious herring' is one of the highest compliments you can bestow.

Ugler i mosen

Throughout human history, owls have been symbols of spirituality, wisdom and intelligence. They feature in Egyptian hieroglyphs and Greek myths (owls are especially associated with Athena, the Greek goddess of wisdom). So, you may wonder, how on earth did our feathered friends end up in a Danish bog? 'Owls in the bog' means that there is something suspicious going on. Originally the saying was *ulver i mosen* (wolves in the bog – an equally unlikely scenario), then *ulver* morphed into *uller* (wool), which sounds very similar to *ugler* (owls), and that's the way it has remained. Poor old owls.

늪지의 부엉이로군

Owls in the bog

인류 역사를 통틀어 부엉이는 영성과 지혜, 지성을 상징했습니다. 이집트 상형문자와 그리스 신화에도 모습을 드러내지요(부엉이는 특히 그리스 지혜의 여신 아테나와 관련이 깊어요.) 그러니 무척이나 궁금할 법도 하죠. 소중한 우리의 깃털 친구가 도대체 어쩌다가 덴마크 늪지에 빠지게 된 것인지…! 이곳 사람들은 뭔가 수상쩍은 일이 벌어지고 있을 때 '늪지의 부엉이'라고 표현한다고 하는데요. 본래는 마찬가지로 석연치 않은 시나리오를 뜻하는 '늪지의 늑대Ulver i mosen'라는 표현이었는데 늑대Ulver가 양털Uller로 변형되었고, 양털Uller은 부엉이Ugler와 발음이 매우 흡사해서 그렇게 고착화되었죠. 기엾은 우리 부엉이!

MQ ment

영리한 지능뿐 아니라 풍요와 행운까지 상징하는 부엉이가 좋아서, 시칠리아 여행 중에 하얀색 도자기 부엉이 한 마리를 입양해 왔답니다(조각이요!)

소시지 국물처럼 명쾌하도다

Clear as sausage broth

실제로 소시지를 물에 넣고 끓이면, 그 결과로 우려져 나오는 육수가 맑은 국물과는 거리가 멀다는 걸 금방 알게 될 겁니다. 가장 구조가 닮은 영어 표현으로는 '진흙탕처럼 맑다Clear as mud'가 있는데, 이는 '무언가가 전혀 또렷하지 않고 혼탁함'을 반어적으로 꼬집는 표현이죠. 이와 대조적으로 이 스웨덴 구절은 '무언가가 여지없이 명확함'을 일컬어 준답니다. 얼핏 들었을 때 직관적으로 바로 이해하기 힘든 방식으로 말이죠. 다소 헷갈리겠지만, 이 같은 용법은 아낌없는 비꼬기와 비아냥으로 특징지어지는 스웨덴식 유머 감각을 탓하는 수밖에 없네요.

MQment

스웨덴 친구에게 물어봤어요. 이런 말이 있냐고. 그랬더니 깔깔깔 웃으면서 정말 '찐' 스웨덴식 표현이라며 좋아하더라고요!

klart som koruspad

Try boiling a sausage in water and you'll quickly figure out that the resulting broth is anything but clear. In contrast to the British expression 'clear as mud', which it resembles most, this Swedish phrase counterintuitively refers to something that is obvious – not the other way round. It's somewhat bewildering, and in this instance one has to attribute the usage to the Swedish sense of humour, characterised by large doses of irony and sarcasm.

Näytän sulle, mistä kana pissii

Never mind the old question about the chicken and the egg, if a Finnish person offers to show you where a chicken pees from, they are simply saying 'let me show you how it's done'. Come to think of it, where does a chicken pee from...?

닭이 오줌 누는 곳을 알려줄게

Let me show you where a chicken pees from

닭이 먼저냐 달걀이 먼저냐 하는 식상한 질문은 그만 잊어버리세요. 만약 어떤 핀란드인이 당신에게 닭이 어디서 오줌을 누는지 보여 주겠노라 제안한다면, 그건 그저 '어떻게 하는 건지 보여 주겠다'라는 말이랍니다. 그나저나, 닭은 어디에서 소변을 볼까요…?*

MQ_ment

제가 사랑하는 막국숫집 사장님이 언젠가 저에게 "닭이 오줌 누는 그 곳!"을 공유해 주셨으면 좋겠네요. (웃음)

....

* 닭은 따로 소변을 보지 않는다.

간에서 곧바로 말하자면

Talk straight from the liver

말을 직설적으로 하는 스칸디나비아인을 만나 본 적이 있나요?
아마도 만나 봤을 확률이 매우 높을 겁니다. 그리고 그게 만약
노르웨이인이었다면, 그들은 아마 '간에서 곧바로' 말을 꺼냈을
거예요.

누군가가 자신의 의견을 솔직하게 말하거나, 있는 그대로 사실을
밝힌다는 뜻의 이 표현은 간이 신체의 느낌과 감정의 중추라고 믿
었던 시절에서 유래한답니다.

MOment

그래, 모든 건 간 때문이야! 하지만 필터 없이 말 한번 잘못
했다간 간땡이가 부었냐는 소리 들을 걸요~!?

Snakke rett fra levra

Have you ever come across a straight-talking Scandinavian? The chances are pretty high that you have, and if they happen to be Norwegian, they may have 'talked straight from the liver'. This expression, which means that someone speaks frankly and says exactly what she thinks, is from a time when people thought that the liver was the body's centre of feelings and emotions.

Lägga rabarber på

The Swedes don't put towels on sun-loungers ridiculously early in the morning to secure the best spots by the hotel pool. Instead, they will 'put rhubarb' on something they want to claim as their own. The Swedish for rhubarb is rabarber, which sounds very similar to the word embargo, and as this was a borrowed and unusual term for the Swedes, it is thought that the saying comes from a mix-up of these two words. Makes perfect sense, right? Now, let me put rhubarb on that news story...

Sweden

내가 일찍이 장군풀을 올려두었어

Put rhubarb on...

호텔 수영장에서 제일 좋은 자리를 맡기 위한 쟁탈전은 국가를 불문하고 매우 치열하죠. 하지만 스웨덴 사람들은 말도 안 되는 이른 아침부터 수건 따위를 선베드에 올려놓는 짓은 하지 않습니다. 대신 그들은 자기 것이라고 주장하고 싶은 대상 위에다가 '장군풀(루바브)'을 올려둘 거예요.

스웨덴어로 루바브Rebarber는 '금지 조치'를 뜻하는 영어 '엠바고 Embargo'와 발음이 굉장히 비슷한데, '엠바고'는 스웨덴인들에게 흔치 않은 외래어이기 때문에 이런 식으로 표현이 대체된 게 아닐까 싶습니다. 정말 그럴싸하지 않나요? 자, 그럼 이제 그 뉴스 기사에 엠바고를 걸겠, 아니 루바브를 올려두겠습니다….

MQ_ment

요즘 우리나라도 식재료가 다양해지면서, '루바브'를 활용한 각종 요리나 디저트류가 적잖이 보이더라고요~ 고거 다 내 거! 라고 찜!

33

Sweden

뜨거운 죽 주변을
어슬렁거리는 고양이

Like the cat around hot porridge

영국 소녀 골디락스*는 '딱 맞는' 온도의 죽을 찾기까지 총 세 그릇의 죽을 맛보았죠. 마찬가지로 스웨덴 고양이들은 뜨거운 김이 모락모락 나는 오트밀 주변을 최대한 오랫동안 살금살금 주저주저 걸어 다닙니다. 죽이 식기를 바라며 말이죠.

이 구절은 숲bush 언저리를 두들겨서beat 사냥감을 몰아내는 것을 지칭하는 영어 숙어 '빙빙 돌려 말하다beating around the bush'와 의미가 비슷해요. 즉, 누군가가 일부러 시간을 끌면서 난감한 상황을 회피하고 있다는 뜻이랍니다.

MQ_ment

'beating around the bush' 하는 사람에게는 "just get to the point! (본론을 얘기하라)"라고 말해 주면 되는데, 그럼 죽 주변을 어슬렁 거리는 고양이에겐, 그냥 들이켜라고 해야 하는 걸까요…?

....

* 영국 전래동화《골디락스와 곰 세 마리(Goldilocks and the Three Bears)》에 등장하는 주인공 이름

Gå som katten kring het gröt

Goldilocks tasted her way through three bowls of porridge before she found the one that was 'just right'; like her, Swedish cats hesitate and pad around a bowl of hot, steaming oatmeal for as long as possible, in the hope that it will cool down. The meaning of the phrase is similar to 'beating around the bush' – i.e. that someone is procrastinating or deliberately avoiding a difficult situation.

Klap lige hesten

When a Danish person is worked up and needs to calm down, don't tell her to take a chill pill; instead tell her 'just pat the horse'. She will understand what you mean, even if there is no horse in sight. This presumably refers to the therapeutic nature of petting an animal, though snuggling a puppy or stroking a cat might be a more practical alternative.

워워, 말을 쓰다듬어 주겠니?

Just pat the horse

흥분한 덴마크 사람을 차분히 가라앉히고 싶다고 해서 영어권 사람들처럼 '약 먹고 진정해Take a chill pill'라는 말을 사용했다가는 별로 효과를 보지 못할 겁니다. 대신 '말을 좀 쓰다듬어'라고 해보세요. 당장 눈앞에 말이 있지 않더라도 무슨 말인지 알아들을 거예요.

이 표현은 동물을 어루만지는 동작이 가져오는 치유 효과에서 비롯됐다고 볼 수 있습니다. 물론 강아지를 끌어안거나 고양이를 빗질해 주는 게 훨씬 현실적인 표현이 될 순 있겠지만요.

MQ_ment

가만히 붙잡아도(hold one's horses) 말의 흥분이 가라앉지 않는다면 천천히 빗질을 해주며 쓰담쓰담 토닥토닥~ 이것이 진정제(chill pill) 보다 효과 빠른 자연치유법!

Sweden

기차보다 멍청해

Dumber than the train

영국인들은 누군가를 약 올리고 싶을 때 '솔처럼 멍청하다As daft as a brush'*라고 합니다. 그럼 스웨덴 사람을 골탕 먹이고 싶다면? 그 사람의 지능을 '기차'에 빗대고는 달아나 보세요. 이 표현은 19세기로 거슬러 올라갑니다. 주로 왕실 일원을 기리기 위해 증기 기관차 이름에 그들의 이름을 붙이던 때죠. 1856년 스웨덴에 최초로 당도했던 기관차 가운데 하나는 어린 아우구스트 왕자의 이름을 본떠서 지어졌어요. 그가 뛰어난 머리를 타고난 왕자가 아니라는 건 누구나 아는 상식이었죠. 하지만 왕족을 조롱하는 건 반역이었어요. 그래서 사람들은 그의 이름을 부르는 대신 '기관차'라는 말을 사용하기 시작했죠. 그러니까 스웨덴 친구를 놀리고 싶다면 '넌 정말 기차보다 멍청하구나'라고 하면 될 겁니다.

MOment_____

기차 속상 ㅠㅠ 그래도 컴퓨터가 등장하기 전까지는 증기기관차가 산업 혁명을 일으키며 지금의 인공지능 같은 대접을 받았다고요…!

....

* 우리나라에서 어리석은 사람을 '닭대가리'에 비유하는 것과 비슷하다.

While the Brits might call someone 'as daft as a brush', if you want to insult a Swede, compare his intelligence to a train's and then make a sharp exit. The saying dates from the 19th century, when steam locomotives were commonly named in honour of members of the royal family. One of the first engines to arrive in Sweden, in 1856, was named after young Prince August. It was common knowledge that the prince was not blessed with great intelligence, but as it was treasonous to mock the royals, people would instead make reference to the engine that bore his name. Thus one might insult a fellow citizen by saying that they were 'dumber than the train'.

Dummare än tåget

Oma maa mansikka
muu maa mustikka

Each Nordic country believes that their berries are the sweetest in the world, and the short season of their favourite national fruit is as hotly anticipated as an ABBA reunion. For the Finn, no berry is superior to their strawberries. With that in mind, it's no wonder a Finnish saying that describes home as sweeter than any foreign place is inspired by those delectable strawberries

우리 집은 딸기,
남의 집은 블루베리

Own land strawberry; other land blueberry

딸기류 열매(베리)에 관한 노르딕 국가들의 높은 자부심은 익히 잘 알려져 있습니다. 저마다 자신들의 베리류가 세상에서 가장 달달하다고 믿죠. 이 국민 최애 과일은 생육 기간이 워낙 짧아요. 그러다 보니 사람들은 팝그룹 아바ABBA의 재결합만큼이나 그날이 오기를 학수고대하죠. 핀란드인들에게 자국 딸기보다 나은 베리란 있을 수 없습니다. 그런 점에서 역시나 '우리 집이 여느 이국땅보다 훨씬 아늑하다'라고 묘사하는 핀란드의 이 속담이, 맛 좋은 딸기에서 영감을 받았다는 사실은 별로 놀랍지도 않네요.

MQ_ment

이 표현이 진한 여운을 남긴 덕분에 핀란드에 직접 가서 딸기와 블루베리를 맛봤답니다…! 둘 다 타르트 위에 올려져 있었는데 어딘들 맛이 없을까요~ ^^

Sweden

우편함에 수염이 끼인 채
잡혀 버린 남자

Caught with his beard in the letterbox

만약 당신이 남성이라면, 딸깍, 하고 수염이 우편함에 끼이는 것이야말로 극도로 난처한 상황일 겁니다. 특히나 그 수염이 최상의 스칸디나비아 멋쟁이 기준에 맞게 정성껏 다듬고, 빗질하고, 기름을 칠한 수염이라면요. 수염이 우편함에 집히는 건 몹시 민망한 노릇이죠. 대체로 자초한 일이기에 더욱더 그러하고요. '쿠키 단지에 손이 들어가 있는 채로 잡히는(도둑질이나 사기질 하다 걸리는)' 상황 또는 '바지가 내려간 채로 잡히는(낯뜨거운 자세로 딱 걸리는)' 상황과 대략 유사합니다. 한마디로, 다른 사람의 우편함에는 수염을 얼씬하지도 마세요.

MQ.ment

영어로는 "to be caught red-handed(손이 빨간 채로 붙잡히다)"라는 표현이 있죠. 정말로 끔찍하게 나쁜 짓을 하다가 손에 피가 묻은 채로 적발되는 상황이에요…!

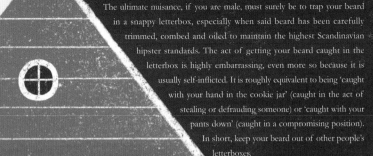

The ultimate nuisance, if you are male, must surely be to trap your beard in a snappy letterbox, especially when said beard has been carefully trimmed, combed and oiled to maintain the highest Scandinavian hipster standards. The act of getting your beard caught in the letterbox is highly embarrassing, even more so because it is usually self-inflicted. It is roughly equivalent to being 'caught with your hand in the cookie jar' (caught in the act of stealing or defrauding someone) or 'caught with your pants down' (caught in a compromising position). In short, keep your beard out of other people's letterboxes.

Fastna med skägget i brevlådan

Popeye happily munched spinach to gain super-strength and the sturdy Scotsman cannot get enough of his porridge oats, but Finns know that physical power comes from having rye in one's wrist. There is a similar expression in Swedish – råg i ryggen, which means 'rye in the back'. Choosing dark, brick-like bread over fluffy, buttery brioche guarantees strength and success every time.

Ruista ranteessa

손목의 호밀

Rye in one's wrist

뽀빠이는 수퍼파워를 얻기 위해 시금치를 신나게 씹어 먹었고, 스코틀랜드인들은 건강한 몸을 위해 귀리로 만든 오트밀을 질리는 줄 모르고 먹습니다. 하지만 핀란드인들은 좋은 체력의 비결이 손목에 붙은 호밀이라는 걸 알고 있어요. 스웨덴어에도 비슷한 표현이 있는데Råg i ryggen 이는 '등 뒤의 호밀'이란 뜻이죠. 폭신하고 기름진 프랑스의 브리오슈*를 놔두고 어둡고 '벽돌스러운' 호밀빵을 선택하는 것은 언제나 힘과 성공을 보장해 준답니다.

MOment ✎

어떡하지… 나는 아직 딱딱한 호밀빵보다 보드라운 브리오슈보다 달달한 도너츠에 자꾸만 손이 가는데….

....

* 프랑스 전통 빵. 이스트를 넣은 빵 반죽에 버터와 달걀을 듬뿍 넣어 만든다.

Finland

배움의 사우나

The sauna of learning

대학에 가서도 많은 걸 배울 수 있지만, 실전에서 부딪치며 쌓은 자격만큼 인생을 제대로 대비하게 해 주는 것은 없습니다. 핀란드인들이 학교를 '배움의 사우나Opin sauna'라고 부르는 이유죠. 핀란드인들은 사우나에서 많은 시간을 보냅니다. 5백만이 조금 넘는 인구를 위해 2백만에서 3백만 개의 사우나가 있는 것으로 추정돼요. 그러니까 꼭 필요한 인생 수업을 듣는 곳은 진정 '사우나'라고 할 수 있겠죠.

MQ_ment

핀란드 사우나에서 몸을 두들기는 자작나뭇가지가 알고 보니 사랑의 매였군요? 그럼 사우나 안 가득한 스팀은 학구열!?

Opin sauna

You can learn a lot by going to university, but nothing sets you up for life like a qualification from The School of Hard Knocks. Or, as the Finns call it, opin sauna, 'the sauna of learning'. Much time is spent in the sauna in Finland: it is estimated that there are between 2 and 3 million saunas to cater for its population of just over 5 million people. So it truly is where you learn the essential lessons of life

Man skal ikke skue hunden på hårene

There are many sensible ways to judge a dog – by its musculature and gait, the cleanliness and sharpness of its teeth, and by how its tail arches. Judging a dog on its hair proves only one thing – that you are shallow and vain. If you are to prosper in life, you should avoid judging a book by its cover and a dog by its hair.

강아지를 털로 판단하지 말라

You should not judge the dog on its hair

강아지를 판단하는 데는 여러 가지 합리적인 방식이 있습니다. 근육계와 걸음걸이, 청결도, 이빨의 날카로움 정도 그리고 꼬리의 구부러지는 형태를 들 수 있죠. 한편 강아지를 털로만 판단한다면 오직 한 가지 사실밖에는 인증하지 못할 겁니다. 바로 당신이 얕고 쓸데없다는 사실을 말이죠. 삶에서 번영을 이루고 싶다면, 책을 겉표지로 판단하거나 강아지를 털로 판단하는 것을 삼가야 합니다.

MQ_ment

무릇 책을 겉표지로 판단하면 안 된다고 했건만, 이 책은 겉표지부터가 너무 예뻐서 제 마음이 단번에 사로잡혔답니다. +.+

Norway

버터 눈의 한가운데

In the middle of the butter eye

버터의 눈 한가운데에 있다는 건 최적의 위치에 있다는 뜻입니다. 식구들이 큼지막한 공동 사발에 죽을 담아 함께 나눠 먹곤 했었는데, 버터 조각이 그 사발 정중앙에 놓여 있었거든요. 각자 사발 중앙을 향해 죽을 파먹고 있는 와중에 누구든 버터가 녹은 지점에 처음으로 도달하면 대박을 터뜨리는 거였죠. 그렇게 탄생한 표현이랍니다.

MOment

영어의 'jackpot(대박)'도 오래전 판돈을 담아 두던 항아리(pot)에서 유래했죠. 노르웨이에서는 그 항아리에 노릇노릇 버터를 얹은 죽이 담겨 있었군요…!

Å være midt i smørøyet

To find yourself in the middle of the butter eye is to be in the sweetest spot of them all! Families used to eat porridge from a big communal bowl, where a blob of butter was put in the middle. As they ate their way towards the centre of the bowl, the person who reached the pool of melted butter first had hit the jackpot, hence the expression.

Ei ole kaikki muumit laaksossa

Where might the Moomins be, if not in the valley? Perhaps Moomintroll has decided to go on a midnight adventure with Snufkin, making Moominmamma sick with worry? Tove Jansson's beloved children's characters are essential Finnish cultural and design icons, so a distinct lack of Moomins would ring alarm bells. Perhaps that's why they have become part of this expression that means the same as 'the lights are on, but nobody's home'.

골짜기에 무민이 없네

Not all the Moomins are in the valley

무민*들이 무민 골짜기에 없으면 어디로 갔을까요? 어쩌면 방랑 소년 스너프킨**과 함께 달밤의 모험을 떠나 무민 마마의 애간장 을 태우고 있는지도 모릅니다. 토베 얀손의 이 사랑스러운 만화 캐 릭터들은 핀란드 문화와 디자인의 필수 아이콘이랍니다. 그러니까 무민이 버젓이 사라졌다면 무언가 잘못됐다는 경고음이 울리겠죠? 무민을 활용한 이 표현은 그래서 만들어졌을 거예요. 멀쩡히 보 고 듣고도 상황을 파악하지 못하는 얼빠진 사람에게 영어로 '집에 불은 켜져 있는데 아무도 없다The lights are on, but nobody's home'(정신이 딴 데 팔려 있다)라고 하는 것과 동일한 맥락입니다.

MOment ✒

영혼이 가출했네, 나사가 빠졌네, 뇌가 없네, 그리고… 무민도 안 보이네!

---

* 핀란드 작가 토베 얀손(Tove Jansson)이 쓴 여러 책에 나오는 만화 캐릭터
** 무민 만화 속에 나오는 캐릭터로, 음악과 자유를 사랑하는 방랑자이다.

Sweden

죽이 뜨거운 사람 같으니

Hot on the porridge

잠시만요, 침착하세요! 그 군침 도는 아침 식사로부터 한 발짝만
물러나세요. 아, 정말 스칸디나비아인들은 왜 그리 죽에 집착하는
지(34, 50페이지 참고). 그래서 너무 참을성 없이 안달하는 사람을
가리켜 스웨덴에서는 '죽이 뜨겁다'라고 묘사한답니다.

비슷하게 덴마크에서는 '걷잡을 수 없이 따뜻하다Vild i varmen'라고
해요. 이는 '돌다리도 두드려 보고 건너라Look before you leap'라는 뜻
과 비슷하죠. 서둘러 들이켜다가 혀를 데이지 않으려면 죽 온도
부터 확인하는 게 현명한지도 모르니까요.

MOment

원문을 보면 알 수 있듯이 이런 성급한 사람에게 영어로는 "말
을 붙들어 매라(hold your horses!)"라고 하죠. 결정하기 전에 잠
깐만 생각해봐라, 침착해라, 라는 뜻이에요.

Hold your horses! Step away from that delicious breakfast. Don't ask me where the Scandinavian obsession with porridge comes from (see pages 34 and 50), but someone who's a little too keen and impatient is described as being 'hot on the porridge' in Swedish, or 'wild in the warmth' (vild i varmen) in Danish. Also similar to 'look before you leap', in that you might want to check the temperature of your porridge before tucking in and burning your tongue.

Vara het på gröten

Have rent mel i posen

In the 19th century, long before anyone worried about white carbs, only millers who sold pure flour were considered trustworthy. Many millers experimented with mixing wheat flour with ground bark from birch, pine, elder and lime trees to eke out the flour they sold at the markets. Customers would ask the vendor if he had 'clean flour in the bag', and judge their trustworthiness accordingly. Today the expression is used to describe someone who has nothing to hide or has a clean conscience, and is similar to the British expression 'to have a clean sheet'.

당신 포대에 깨끗한 밀가루가 있나요?

Have clean flour in the bag

하얀 탄수화물에 대한 요즘의 우려가 19세기에는 존재하지 않았습니다. 다만 진짜 순수 밀가루를 파는 방앗간만을 믿을 수 있는 방앗간으로 여겼죠. 많은 방앗간 주인이 시장에서 판매할 밀가루를 포대에 근근이 메꾸기 위해 자작나무나 소나무, 딱총나무, 피나무 등의 껍질을 갈아 밀가루에 섞는 장난을 쳤기 때문이에요. 그런 탓에 손님들은 상인들에게 '포대에 깨끗한 밀가루가 있는지' 묻곤 했어요. 그 대답에 따라 해당 가게의 신뢰도를 판가름하곤 했죠.

오늘날에 이 표현은 아무것도 숨길 게 없거나 양심이 깨끗한 사람을 설명할 때 사용합니다. 영어 표현 중에 전과가 없거나 이력이 흠잡을 데 없는 사람을 두고 '종이가 깨끗하다To have a clean sheet'라고 하는 것과 유사해요.

MQ_ment

비슷하게, 과거에는 안 좋은 기록이나 감정이 있었지만 묵은 것들은 청산하고 깨끗한 판(slate)에서 프레시하게 새출발한다는 표현으로 'to have a clean slate'도 자주 쓰여요!

Finland

까마귀도 제 목소리로 노래하니까

Even the crow sings with its own voice

까마귀는 노랫소리가 아름다운 새는 아니라고 알려져 있습니다. 그렇지만 적어도 이 시꺼멓게 생긴 새들은 우리 귀로 들려오는 것이 그들이 내는 소리의 전부죠. 목청껏 까악까악 우는 그들의 거친 울음소리는 꾸밈이나 장식이 없는 진실된 소리거든요.

그래서 이 표현은 재능이 부족하거나 성과가 나쁘더라도 부끄러워할 필요가 없다고 격려하는 말이랍니다. 최선을 다해 나다운 모습을 보여 주면 된다고 말이죠. 이에 대해 오디션 프로그램 심사위원 사이먼 코웰*은 어떻게 생각할까요?

MQ_ment

맞아요, 모든 건 자신감이죠! 꾀꼬리만 노래하라는 법 있나요?

....

* 영국의 음악 프로듀서. 오디션 참가자들에게 직설적인 화법을 구사하는 것으로 유명하다.

Äänellänsä se variskin laulaa

Crows are not known for being beautiful singers, but at least with these sinister-looking birds, what you hear is very much what you get. Their loud, harsh caws are expressed earnestly and without embellishment. This saying is an encouragement that we should not feel ashamed of a lack of talent or bad performance – that it's okay to try your best and be yourself. Tell that to Simon Cowell.

Flyte på flesket

Can there be any more obvious sign that the Romans never extended their imperial reach to Scandinavia? While the rest of Europe, south of the Baltic Sea, might rest on their laurels, the Norwegians float on the pork fat. This means that someone is relying too much on their reputation and tends to sit around complacently instead of working.

(돼지) 비계에 떠 있다

Float on the (pork) fat

로마인들이 제국의 영향을 스칸디나비아로까지 뻗치지는 않았음을 입증하는 이보다 명백한 증거가 또 있을까요? 발트해 이남 나머지 유럽인들은 월계관을 쓰고 영예에 만족했을rest on their laurels지 모르지만, 노르웨이인들은 돼지비계에 둥둥 떠 있었습니다. 이는 명성에 지나치게 기대어 노력하지 않고 태평하게 안주한다는 뜻이랍니다.

MQ_ment

성취에 도취되어 더 이상 정진하지 않고 안일하게 머물러 있는 이런 상태를 영어로는 complacency라고 하는데요, 그 안엔 언제나 위험이 도사리고 있기에 경각심을 일깨우는 차원에서 종종 "Complacency kills(안주는 곧 죽음이다)"라고 한답니다.

Sweden

까마귀처럼 개발새발

Write like a crow

소설가 에드거 앨런 포Edgar Allan Poe*가 쓴 유명 작품에 까마귀가 등장합니다. 작품 속에 등장하는 이 까마귀가 '말'은 했을지언정 '글'을 쓰지는 않았다는 게 어찌나 다행인지 몰라요.** 그 까마귀가 쓴 손글씨는 영 알아볼 수 없었을 테니까요. '까마귀처럼 쓰다'라는 표현이 그래서 있어요. 삐뚤빼뚤 엉망으로 쓴다는 뜻이지요. 때대로 제멋대로 휘갈긴 서명은 '까마귀 발kråkfötter'이라고도 해요.

MOment

개와 고양이가 어지럽게 발자국을 찍어놓은 것 같다고 해서 '괴발개발'이라는 순우리말 표현이 있는데, 이것이 '개발새발'로 오용되면서 결국 표준어로 인정됐대요. '개의 발과 새의 발'로 해석될 수 있다며 말이죠! 그 새가 까마귀였나 봐요.

---

* 미국의 시인·소설가·비평가. 시집 《까마귀》, 단편 《황금 풍뎅이》, 《어서가의 몰락》, 《유레카》 등이 있다.
** 시집 《까마귀》에 나오는 '까마귀'가 화자로서 말을 하는 것에서 비롯된 내용

Skriva som en kråka

Edgar Allan Poe's raven may have 'quoth', but thank heavens he didn't write, because his handwriting would have been illegible. So goes the saying 'to write like a crow', which means 'to write messily'. A sprawling signature is often referred to as 'crow feet' (kråkfötter).

Den enes død, den andens brød

Or more concisely, 'bread or dead'. The equivalent of the
English expression 'one man's loss is another man's gain',
this saying originates from the old Viking practice of making
bread with tree bark and hay (which isn't quite as appetising as
Danish pastries and smørrebrød); it certainly doesn't sound as
healthy as today's dark, compact, wholegrain bricks known as
rugbrød (rye bread). Could this Dark Age practice have been
the cause of the first fatal case of gluten intolerance?

Denmark

한 사람의 죽음은 다른 사람의 빵

The death of one person, the bread of another person

짧게 '빵이 아니면 죽음'이라고도 말하는 문장이죠. 영어로 표현
하자면, '한 사람의 손실은 다른 사람의 이득One man's loss is another man's
gain'이라는 뜻인데요. 이런 덴마크식 표현은 나무껍질과 건초로
빵을 만들던 옛 바이킹족의 관습에서 기원합니다. 이렇게 만들어진
빵은 덴마크의 페이스트리류나 스뫼레브뢰*만큼 구미가 당기지
는 않죠. 당연히 루그브뢰드라고 하는 오늘날의 짙고 탄탄한 벽
돌 모양의 통 호밀빵만큼 건강하게 들리지도 않습니다. 가만, 이
러한 암흑기의 관습이 치명적인 글루텐 불내증** 사례의 초기 원
인이었으려나요?

MQ_ment

서글픈 표현이죠. 먹을거리가 풍족하지 않던 시절 입이 하나라도 줄어
야 내 몫으로 빵이 하나 더 돌아왔을 테니까요. 반대로 이제는 밀가루
를 살찐다고 기피하는 시대가 되었으니, 바이킹 조상님들이 들으면 놀
라서 까무러치겠죠?

....

* 빵에 다양한 토핑을 얹은 덴마크 전통 음식
** 밀가루 알레르기

Denmark

펠리컨 반쪽이 불어온다

It's blowing half a pelican

대개 바람이 정말 강한 날에 덴마크인들이 쓰는 표현입니다. 이는 '펠리컨'이 허리케인을 뜻하는 덴마크어 '오르컨'과 운율이 맞는 데서 기인한 것으로 보입니다.

보퍼트 풍력 등급*상으로 펠리컨 반쪽은 기준에 꽉 찬 11등급에 해당합니다(그렇다면 펠리컨 전체는 상상조차 불가능한 22등급이라는 말이 되네요.) 그럼 재갈매기는 7등급(적당한 강풍), 그리고 푸른 박새는 고작 2등급(산들바람)에 해당하겠군요.

MOment

스칸디나비아를 대표하는 가구 디자이너 핀 율도 덴마크 사람이죠. 그의 대표작 중 하나가 바로 펠리컨 의자인데, 펠리컨 반쪽이 몰아치는 날이면 펠리컨 의자도 날아가겠네요!

---

* 바람 세기에 따라 0에서 12까지의 13등급으로 나눈 바람의 등급

Det blæser en halv pelikan

Commonly uttered when it is really windy, 'it's blowing half a pelican' may derive from the fact that pelikan rhymes (sort of) with orkan (hurricane). On the Beaufort scale half a pelican translates as a solid 11 (which would make a whole pelican an inconceivable 22), whereas a herring gull would rank a 7 (moderate gale), and a blue tit a meagre 2 (light breeze).

Göra en höna av en fjäder

Hans Christian Andersen wasn't one to shy away from teaching kiddywinks a lesson or two about morals. In his fairytale It's Quite True! he wrote about the power of exaggeration, and how a rumour can change and expand out of all proportion, the more it is retold. This story is the root of the Swedish saying 'make a hen out of a feather', which sits somewhere between the two British idioms 'a storm in a teacup' and 'a mountain out of a molehill'. In Norwegian the saying is 'make a feather into five hens' (gjøre en fjær til fem høns) and in Danish it is 'a feather can easily turn into five hens' (en fjer kan let blive til fem høns).

깃털로 암탉을 만들다니

Make a hen out of a feather

동화작가 한스 안데르센은 꼬마 친구들에게 도덕적인 교훈을 가르치는 것을 서슴지 않았습니다. 동화책 《정말이야!It's Quite True!》에서는 소문이 입에서 입으로 전해질수록 어떻게 변형되고 와전되는지, 과장과 부풀리기가 얼마나 위험한지를 이야기했지요.

'깃털로 암탉을 만든다'라는 스웨덴 표현은 이 우화에 뿌리를 두고 있어요. 대략 '찻잔 속 태풍A storm in a teacup'(사소한 일로 벌어지는 소동)이나 '두더지가 파 놓은 흙 두둑으로 산을 만들다A mountain out of a molehill'(별것 아닌 것을 과장하다) 같은 영어 표현과 엇비슷하다고 볼 수 있죠. 노르웨이에서는 '깃털로 암탉 다섯 마리를 만든다Gjøre en fjær til fem høns'라고 하고, 덴마크에서는 '깃털이 쉽게 암탉 다섯 마리가 된다En fjer kan let blive til fem høns'라고 한답니다.

MOment

그래서 포도나무 덩굴 사이로 들은(heard it through the grapevine: 풍문으로 듣다) '카더라' 통신은 믿을 것이 못 돼요!

sweden

여기에 개가 묻혀 있소

There is a dog buried here

이 스웨덴 관용구의 정확한 기원은 알 수 없습니다. 하지만 '무언가 구린내가 난다, 수상하다'라는 뜻의 영어 표현 'Something fishy is going on'과 의미가 같다는 것만은 분명합니다. 강아지와 관련된 무지하게 의심스러운 어떤 사건에서 파생됐겠죠.

참고로 최초의 반려동물 공동묘지 중 하나가 1840년 스웨덴 스톡홀름에 지어졌는데요. 심지어 잉그마르 베르히만 감독의 스웨덴 고전 영화 <제7의 봉인>에 나오는 말들이 바로 그곳에 묻혀 있습니다. 이 사실을 작가 스티븐 킹이 안다면 틀림없이 매료될 걸요? 《공포의 묘지》라는 그의 소설의 원제가 '반려동물 공동묘지'니까요. 참 재미난 시절이었네요!

MOment

아마도 누군가가 무언가를 은폐하려는 목적으로 개를 묻었겠죠? 하지만 킁킁~ 수상쩍은 건 후각이 감지하는 법! 당신이 아무리 개를 숨기려 해도 내 코가 개 코랍니다…!

Här ligger en hund begraven

1840–1849

The origins of this expression are unknown, but what is certain is that it means the same as 'something fishy is going on'. So perhaps something very suspicious has sparked these animal-based Swedish idioms? Author Stephen King would no doubt be fascinated to know that one of the oldest pet cemeteries ('sematarys'?) was founded in Stockholm in 1840, and the horse from Ingmar Bergman's classic movie The Seventh Seal is buried there. Fun times.

Det regner skomagerdrenge

When the rain is hammering down in Denmark, it is cobbler boys who are said to be falling from the sky. Presumably with hammers, nails and a few anvils for good measure. Animal-loving Brits prefer to be drenched with cats and dogs, and you might want to give rainstorms in France a miss, where it often rains 'like a pissing cow'.

구두 수선공이 떨어지고 있어

It's raining cobbler boys

덴마크에서는 비가 세차게 내리면 하늘에서 구두 수선공들이 떨어진다고 말합니다. 못과 망치 그리고 이왕이면 쇠모루까지 같이 들고 말이죠.

영어로는 비가 억수같이 쏟아질 때 'Raining cats and dogs'라고 하니, 동물 애호가 영국인들은 구두 수선공보다는 '개와 고양이'에 폭삭 젖는 것을 선호하는 것 같아요. 아, 그런데 프랑스에서 내리는 폭풍우는 피하고 싶을 걸요? 프랑스인들은 가끔 '오줌 싸는 소처럼' 비가 내린다고 표현하니까요.

MO_ment

우리도 굵은 빗발이 좍좍 내리치면 기다란 대나무 막대기 같은 '장대비'가 내린다고 하죠. 빗줄기가 더 심해지면 구두 수선공이 쓰는 못이나 망치처럼 보일 수도 있을 것 같네요.

Finland

가문비나무 탐내다가
노간주나무로 자빠진다

Whoever reaches for the spruce, falls down onto the juniper

세계 일부 지역에서는 노간주나무*의 위상이 다른 어떠한 식물보다도 높습니다. 이 나무의 열매는 가장 영국다운 술이라 불리는 '진Gin'을 생산하는 데 꼭 필요한 재료이기 때문이죠. 반대로 스칸디나비아에서는 전세가 역전돼 가문비나무**가 위상을 떨칩니다. 매년 봄에 피는 가문비나무 이파리의 첫 새싹으로 만든 시럽을 별미로 취급하기 때문이에요. 그러니 이러한 비관적인 핀란드식 경고문이 탄생한 것이죠.

MOment____✒

포인트는 가문비나무와 노간주나무가 보통 사람은 육안으로 구별이 힘들 만큼 거의 똑같이 생겼다는 점!

....

*   측백나뭇과 침엽으로 8~10미터 높이의 상록 교목. 실 모양 잎이 세 개씩 돌려 난다.
** 소나뭇과 침엽으로 30미터 이상 높이의 상록 교목. 바늘 모양 잎이 난다.

Ken kuuseen kurkottaa, se katajaan kapsahtaa

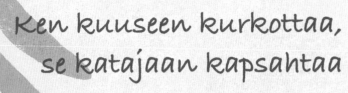

In some corners of the world, the juniper's status is elevated above that of all other plants. That's because it is a vital Ingredient in that most British of liquors, gin. In Scandinavia, however, where sprucetip syrup made from the first shoots that appear every spring is a delicacy, the tables are turned. Hence this pessimistic Finnish warning.

Male fanden på veggen

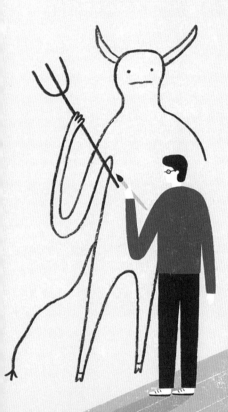

Scandinavians are known for painting all their walls white, although one or two of the boldest may go for a daring light grey shade, or a raunchy eggshell colour. So who on earth paints the devil on the wall? The saying dates back to the 17th century, when it was believed that something terrible would happen or an accident might occur simply by talking about it. Nowadays, it is used when someone portrays something as much worse than it is.

벽에 악마를 그렸어

Paint the devil on the wall

스칸디나비아 사람들은 벽을 온통 새하얗게 칠하는 것으로 유명합니다. 개중에 용감한 한 두 명은 대담하게 옅은 회색이나 누르스름한 달걀 껍질 색을 선택하기도 하지만요. 이렇게 밝은 분위기에서 대체 누가 벽에다 악마를 그려 넣을까요? 이 표현은 17세기로 거슬러 올라갑니다. 단순히 악마를 입에 담기만 해도 정말로 끔찍한 일이나 사고가 일어날 거라 믿던 시기였죠. 그런데 하얗고 깨끗한 벽에 악마라니요. 오늘날에는 무언가를 실제보다 훨씬 최악으로 묘사하는 것을 지적하는 표현으로 발전했답니다.

MOment

아하~ 종종 '벽에 악마를 그리는' 노르웨이 친구가 있다면, 그냥 벽에 조그맣게 선 하나 그었나 보다 하고 감안하고 들어야겠네요.

Sweden

연어에 양파 올리기

Put onion on the salmon

스웨덴 사람들에게 생선요리만큼 소중한 건 얼마 없습니다. 청어 절임, 대구조림, 훈제연어… 등등 무엇이든지요. 그럼에도, 이 스 웨덴 표현이 보여주듯이 좋은 것도 지나치면 과유불급입니다. 이 표현은 상황을 더 악화시킬 수도 있다는 뜻으로 진화했거든요. 그러니까 무슨 일을 하든지 간에, 연어에 양파를 더 얹진 마세요.

MQment

뭐든지 넘치는 것보단 적당한 게 낫죠. Less is better!

Lägga lök på laxen

Few things are dearer to a Swede than a plate of fish. Pickled herring, poached cod, smoked and cured salmon – you name it. However, you can perhaps have too much of a good thing, as the Swedes demonstrate with this saying, which has evolved to mean that you might be making something even worse. So whatever you do, don't put onion on that salmon.

Træde i spinaten

While traditional winemakers use the old and trusted method of foot stomping for crushing the grapes, the Scandinavians only step into things when they unintentionally cause embarrassment or act in a tactless way. Danes step into the spinach, the Norwegians step in the salad (tråkke i salaten) and the Swedes in the piano (trampa i klaveret). These expressions all correspond to the British saying 'put one's foot in it'.

시금치에 발을 딛다

Step into the spinach

전통 와인 양조업자들은 오랜 세월 포도를 발로 으깨 왔습니다. 수백 년에 걸쳐 검증된 방법이죠. 반면 스칸디나비아인들이 무언가를 발로 밟을 때는 의도치 않게 곤혹을 초래하거나 눈치 없이 굴 때뿐입니다. 덴마크인들은 시금치에 발을 딛고, 노르웨이인들은 샐러드에 발을 디디고Trâkke i salaten, 스웨덴인들은 피아노에 발을 딛죠Trampa i klaveret. 모두 '곤경에 빠지다'라는 뜻으로, '부주의로 발을 담가 어려운 처지에 빠지게 되다'라는 뜻의 영어 표현 'put one's foot in it'에 상응한답니다.

MO_ment____

아차 실수하는 건 "to put one's foot in it", 아차차 말로 실수하는 건 "to put one's foot in one's mouth."

Finland

구석에 숟가락을 던지다

Throw the spoon into the corner

핀란드식 저녁 식사 모임에 초대를 받았다면, 식기를 정말 정말 주의해서 다루길 바랄게요. 무엇을 하든 절대로 구석에 숟가락을 던져선 안 됩니다. 단, 아직 충분히 살 만큼 산 사람이 아니라면 말이에요. 이 표현은 영어의 'Bite the dust(먼지를 깨물다)'나 'Kick the bucket(양동이를 걷어차다)'과 마찬가지로 '죽다'의 뜻이랍니다.

MO_ment

서부극 한 장면에서 카우보이가 총에 맞아 쓰러집니다. 그 순간 입으로 흙먼지가 쫘악- 그리하여 퀸(Queen)의 노래 "Another One Bites The Dust"는 '또 한 명이 죽네'라는 뜻!

Heittää lusikka nurkkaan

If you ever get invited to a Finnish dinner party, be very, very careful how you handle the cutlery. Whatever you do, do not throw your spoon into the corner. Unless, that is, you have had enough of life, as this expression has the same meaning as 'bite the dust' and 'kick the bucket'.

Å være født bak en brunost

There are many curious places where one might be born, but the one that takes the prize must surely be behind a brown cheese. Brunost, the Norwegian cheese in question, has become a national treasure. It is highly regarded by its countrymen, so it is rather puzzling that it is considered an insult to suggest that someone was born behind one — implying that the person in question is not particularly bright.

갈색 치즈 뒤에서 태어난

Born behind a brown cheese

인간이 태어날 수 있는 장소가 따로 있을까요? 별별 곳이 다 있겠지만, 아마도 갈색 치즈 뒤켠이야말로 상을 받아야 마땅할 겁니다. 노르웨이의 갈색 치즈 'Brunost'는 온 국민이 귀하게 여기는 나라의 보물이니까요. 그런데 누군가가 갈색 치즈 뒤에서 태어났다고 하는 말은 욕이라고 하네요. 다소 의아하긴 해요. 딱히 총명하지 않은 사람임을 암시한답니다.

MQ_ment

갈색 치즈는 노르웨이의 국민 치즈인데… 호기심에 노르웨이인 친구에게 물어봤더니 아마도 치즈 농장에서 낳았으니 약간 촌스럽고 덜 떨어졌다는 뉘앙스를 갖게 된 것 같대요.

Sweden

수염으로 말하지 마

Talk in the beard

스칸디나비아의 수염은 바람 잘 날이 없는 것 같아요. 우편함에 끼이질 않나 (42페이지), 온갖 악행의 원흉이죠. 게다가 누군가가 웅얼웅얼 불분명하게 중얼거리면 '수염'으로 말하지 말라고들 핀 잔을 준답니다. 그 당사자가 수염이 있든 말든 상관없이요.

MQ_ment

수염도 없는데 수염으로 말하지 말라 하시면… 하며 조용히 마스크 를 벗습니다.

Prata i skägget

Scandinavian beards can't seem
to stay out of trouble. When
they're not busy getting stuck
in letterboxes (Fastna med skägget
i brevlådan, see page 42), they are
responsible for all sorts of
crimes. When someone mumbles
or speaks unclearly they are
encouraged to stop talking in the
beard, regardless of whether the
guilty party even sports a beard…

Ude og cykle

In Copenhagen the re are more than half a million bicycle owners. Were everyone to be 'out cycling' on the streets at once, it would be utter chaos. 'Out cycling' therefore suggests someone is completely bonkers. One can only guess how many thousands of people survive the morning commute through sheer luck alone.

자전거 타러 나온

Out cycling

코펜하겐의 자전거 소유 인구는 50만이 넘습니다. 그러니 모든 사람이 한꺼번에 자전거를 타러 거리로 나온다면 극심한 혼돈이 일겠죠. 따라서 '자전거 타러 나온'이라는 말은 누군가가 단단히 미쳤음을 시사해요. 아침 출근길에 살아남을 사람이 몇천 명이 될지는 순전히 운에 맡길 따름이죠.

MQ_ment

친구가 추석 귀경길에 굳이 고속도로로 드라이브를 나가겠다고 하면 "너 미쳤니?" 소리가 절로 나오겠죠?

Finland

내 입은 자작나무 껍질이 아니야

Don't have a mouth of birch bark

만약 핀란드 친구에게 음료수를 권했는데, 그가 자기 입은 자작
나무 껍질이 아니라고 대꾸한다 해도, 당황하지 마세요. 그들에게
이런 경우는 무례한 행동이 아니랍니다. 핀란드어로 이는 전적으
로 합당한 답변이에요. 그들이 아주 열광적인 애주가라는 뜻이거
든요. 그러니, 어서 가서 목을 축이세요!

MOment

기름기가 많아 불에 탈 때 자작자작 소리를 낸다는 자작나무는 건조
함도 버티는 특성이 있다죠. 하지만 머릿속에 늘 술이 자리잡고 있는
juicehead(애주가)들은 이따금씩 목을 적셔 주어야겠죠.

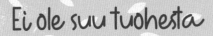

Ei ole suu tuohesta

If you ask a Finnish person whether they would care for a drink, and they respond by telling you that they do not have a mouth of birch bark, do not fret! They are not being rude – in Finnish this is a perfectly reasonable answer and in fact means that they are an enthusiastic drinker. So, go on and wet your whistle.

En rev bak øret

Foxes generally don't have the greatest of reputations, often characterised in folklore and children's literature as being sly and untrustworthy. It should therefore be no big surprise that a person who has a fox behind his ear is keeping something to himself. The expression has its origins in the Middle Ages, when many believed that people whose ears stuck out were suspicious and not to be trusted.

귀 뒤에 여우 한 마리

A fox behind the ear

일반적으로 여우는 평판이 썩 좋진 않아요. 민속문화나 아동문학에서 흔히 교활하거나 못 미더운 성격으로 그려지지요. 그러니까 귀 뒤에 여우 한 마리가 앉아 있는 사람이 무언가를 감추고 있는 사람임은 별로 놀랍지도 않아요. 이 표현의 기원은 중세시대에 있답니다. 당시엔 귀가 튀어나온 사람들은 어딘가 미심쩍고 신뢰할 수 없는 사람들이라 믿었거든요.

MQ_ment

귀에 여우가 앉아 있으면 귀여우…운 건 줄 알았는데, 조심해야겠군요….

Sweden

오래된 치즈로 돈을 받다

Get paid for old cheese

'Gammalost'는 스웨덴 북부지방과 노르웨이에서 바이킹 시대 때부터 지어먹던 전통 치즈의 한 종류입니다. 문자 그대로 '오래된 치즈Old cheese'로 번역돼요. 톡 쏘는 시큼한 맛 때문에 호불호가 갈리죠. 그러니 오래된 치즈로 돈을 받는다는 건 곧 당신이 복수의 대상이 될 것임을 내포한답니다.

MOment

치즈는 오래 숙성될수록 비싼 거 아니었나요? 하긴 상해서 곰팡이가 핀 치즈를 돈 받고 팔순 없겠죠…!

Få betalt för gammal ost

Gammalost is a type of traditional cheese that has been made in northern Sweden and Norway since the Viking era; the name literally translates as 'old cheese'. It tastes sharp and pungent, and is not to everyone's liking. To get money for old cheese means that you will be on the receiving end of revenge.

Trække torsk i land

Before you start complaining about your other half snoring like a chainsaw, just remember that the Danes have it far worse. There, the sleeping beauties' rumblings bring to mind the repellent sound of cod being pulled ashore, with fins, tails and all scraping over the shingle like a badly played cello. One can only hope that the fish are already dead, otherwise you could add 'immense amount of flapping around' to the list of woes for the poor snorer's partner.

Z
Z
Z
Z
Z

대구를 물가로 끌고 가다

Drag cod to shore

사랑하는 반쪽이 톱질하듯 코를 골아서 불만이라고요? 그럴 땐 덴마크인들이 훨씬 심하다는 것만 기억하세요. 덴마크의 잠자는 숲속 미남 미녀들이 내는 드르렁 소리는 흡사 대구를 물가로 끌고 가는 것 같은 역한 소리를 연상시킨답니다. 형편없는 첼로 연주를 연상시키죠. 생선 지느러미며 꼬리며 죄다 자갈밭에 쓸리는 소리 말이에요. 그나마 이미 죽은 대구라면 다행이게요. 안 그러면 그 코골이의 불쌍한 짝꿍은 고민 목록에 펄떡거리는 '어마어마한 뒤척임'까지 추가해야 할 테니까요.

MQ_ment

코를 곰처럼(like a bear) 혹은 돼지처럼(like a pig) 고는 사람도 있지만, 간혹 화물열차(like a freight train)처럼 고는 사람도 있답니다.

Finland

벙어리장갑이 곧게 펴진

With one's mittens straight

한 핀란드 남자 미코(영어의 '마이클')를 떠올려 보세요. 숲속 공터에 서서 나무를 베느라 땀방울을 뚝뚝 흘리며 헉헉대고 있습니다. 이번엔 그의 친구 페카(영어의 '피터')를 떠올려 보세요. 역시 공터에 서 있지만, 벙어리장갑이 곧게 펴진 채로 편안하고 느긋하게 아무것도 하지 않고 있습니다. 그래서 이 표현은 남들은 열심히 일하는데 혼자만 임무를 다하지 않고 있음을 함축하고 있답니다. 당연히 벙어리장갑을 낀 손으로는 수행할 수 있는 작업 자체도 드물다는 사실에서 착안했겠죠.

MQ_ment

손에 물 한 방울 묻히지 않은, 아니 장갑에 물 한 방울 묻히지 않고 무임승차하는 당신은 루팡!

Tumput suorina

Picture Mikko, the Finn, standing in a forest clearing, chopping wood, huffing and puffing, sweat dripping. Now picture his friend, Pekka, also standing in the clearing, but casually relaxed, mittens straight, doing nothing at all. This saying implies that you're not pulling your weight while others are working hard, and must surely come from the fact that very little work can be carried out with mittened hands.

Det er helt på trynet

As you will have gathered from this book, there are as many things that unite the Scandinavian countries as divide them, and here is another prime example of the latter. Danes take their pigs very seriously and Denmark is a land known for its fine bacon. The Norwegians, however, refer to the pig when they wish to create a surreal image, or convey that an idea is utterly ridiculous.

순 돼지코에 있는 것

It's completely on the snout

이 책을 통해 간파했겠지만, 스칸디나비아 국가들 사이에는 서로를 묶어 주는 요소만큼이나 구분 지어 주는 요소도 많습니다. 후자의 적절한 예시가 여기 하나 더 있어요. 덴마크인들은 돼지를 무척 진지하게 대해요. 질 좋은 베이컨을 생산하는 것으로도 정평이 나 있죠. 그러나 노르웨이인들은 어떤 비현실적인 이미지를 지어내고 싶을 때, 혹은 어떤 생각을 완전히 터무니없는 것으로 치부하고 싶을 때 돼지를 들먹인답니다.

MQ_ment
'김밥 옆구리 터지는 소리'를 노르웨이 사람들이 듣는다면… 순 돼지코라고 비웃겠네요. 꿀꿀.

Sweden

바나나 껍질에 미끌,
새우 샌드위치에 미끌

Slide in on a shrimp sandwich, banana skin

바나나 껍질에 미끄덩 넘어지는 장면은 슬랩스틱 코미디에서 단골로 나오는 친숙한 소재죠. 그런데 스웨덴에서는 해석이 판이하게다릅니다. 바나나 껍질에 미끄러지거나, 아니면 그보다 낫게 새우샌드위치에 미끄러지는 것은 뜻밖의 요행으로 인식되거든요. 누군가가 인생에서 별다른 자격도 없이 손쉽게 특전을 따낸 경우를폭로하는 표현이랍니다.

MQ.ment

묵묵하게 한 걸음 한 걸음 걸어가야 하는 길을, 바나나 껍질을 보드삼아 혹은 새우 샌드위치를 바퀴 삼아 슬라이딩해 추월했다면, 바나나 신이 도왔거나 새우 신이 도왔거나~!

Halka in på en rakmacka, ett bananskal

Slipping on a banana peel is a well-known staple of slapstick comedy, but in Sweden its meaning is entirely different. To slide in on a banana skin or, even better, a shrimp sandwich, is considered a stroke of luck, meaning that someone has attained a privileged position in life easily but perhaps without deserving it.

Leve på en stor fod

Next time your mum gasps at Lady Gaga's choice of footwear, and remarks that everything was better in the good old days, you can remind her about the fashions of the Middle Ages. Both men and women wore shoes with extremely long, pointed toes. There were laws in place to dictate the length of the shoe: the longer the shoe, the higher the social class of the person sporting them. The nobility were permitted two-foot lengths, merchants one-foot length and peasants, a mere half. To 'live on a big foot' means that one is flaunting newly acquired wealth, and has a lifestyle that they cannot really afford ('living beyond one's means').

큰 발로 산다

Live on a big foot

다음에 또 어머니가 레이디 가가의 신발을 보고 헉 하고 놀라시며 뭐든지 옛날이 나았다는 둥 푸념하신다면, 중세시대 패션을 상기시켜 드리세요. 남자든 여자든 발가락 앞쪽이 무시무시하게 길고 뾰족한 신발을 신고 다녔거든요. 심지어 신발 길이를 규정하는 법률도 존재했어요. 신발이 길면 길수록 그것을 신은 인물의 사회적 계급도 더 높았죠. 귀족은 약 60센티, 상인은 30센티, 그리고 농민은 겨우 15센티가 허용되었답니다. 그래서 '큰 발로 산다'라는 건 새롭게 얻은 부를 과시하거나 감당도 안 되는 라이프스타일을 뽐내며 분수에 맞지 않게 사는Living beyond one's means 걸 의미해요.

MQment ✎

90년대 히트 친 드라마 〈사랑이 뭐길래〉의 주인공 이름이 대발이였죠. 우리 식으로라면 발이 커서 인맥이 넓었을 텐데 덴마크 식으로 치면 허세가 좀 있었겠네요.

할머니 이처럼 헐렁거려

Comes loose like Grandma's tooth

어떠한 일이 아주아주 순조롭게 진행됨을 의미하는 이 표현의 기원은 알려지지 않았습니다. 아마 한 치과의사에게 이런 과제를 던지지 않았을까요? 다양한 가족 구성원 중에서 치아 발치가 쉬웠던 순으로 순위를 매겨 달라고.

MOment

할머니 이는 헐거워서 마치 순풍에 돛 단 듯 수월하게 일이 순풍 순풍 풀리는 거겠죠?

Irtoaa kuin mummon hammas

The origins of this saying, which means that something goes very, very smoothly, are unknown. Perhaps it comes from a dentist, who was asked to rate how easy it was to pull teeth from various family members?!

Gå over bekken etter vann

This expression originates from a time when there was no such luxury as running water. People had to tackle many obstacles on their way to obtain fresh water. In Norway the obvious dangers might include a hungry and recently hibernating bear lurking behind the village well, or the lake being frozen solid, so that one had to hack off pieces of ice with a huge axe before thawing them. Given all these hazards, the act of crossing the river for water, rather than dipping one's bucket at the nearest shore, would have been considered entirely unnecessary – and, therefore, pretty foolish. Nowadays the saying is used to refer to solving a problem in a clumsy, roundabout way when there is a much easier and more obvious solution.

Norway

물 기르러 강 건너기

Crossing the river to get water

이 표현은 수돗물이라는 호사가 없었던 시대에 기원을 둡니다. 사람들은 신선한 물을 얻기 위해 수많은 장애와 맞서 싸워야 했죠. 특히 노르웨이에서는 최근 겨울잠에서 깨어난 배고픈 곰이 마을 우물 뒤에 도사리고 있는 것도 엄연한 위험요인 중 하나로 꼽혔을 겁니다. 게다가 꽁꽁 얼어붙은 호수도 한몫했을 거예요. 거대한 도끼로 얼음판을 조각조각 깨부숴서 녹여야만 했겠죠. 이 모든 난관을 보았을 때, 가까운 해안에 가서 물통만 담그면 될 걸 물을 기르기 위해 강까지 건너는 행위는 전혀 불필요한 것으로 간주했을 겁니다. 상당히 어리석은 짓이었겠죠. 오늘날 이 표현은 훨씬 더 간편하고 확실한 해결책을 놔두고 어설프게 둘러둘러 문제를 해결하는 처지를 나타냅니다.

MOment

긴 해안선을 따라 삶의 터전을 이루는 노르웨이에서 굳이 산 넘고 강 건너 물을 구하러 간다면 그것이야말로 사서 고생이겠죠.

얼음 위에 소가 없다 할지라도

No cow on the ice

옛날 옛적 스칸디나비아엔 소들이 1년 내내 자유롭게 들판을 배회하던 시절이 있었습니다. 소에게 물을 먹일 때는 정기적으로 소를 강가로 몰고 갔죠. 겨울이 되면 목마른 소들이 갈증을 해소할 수 있도록 농부들이 얼어붙은 호수에 구멍을 뚫어 놓곤 했어요. 그런데 어쩌다 얼음이 너무 얇으면 소의 무게를 견디지 못하고 힘없이 깨지기도 했어요. 아무리 풀을 먹고 자랐다 해도 소는 무게가 반 톤이나 나가니까요. 하지만 그렇다 해도 난리 피울 일은 아니었어요. 소의 엉덩이와 뒷다리가 단단한 바닥을 지지하고 있는 한, 꼬리를 힘껏 잡아당겨 물가에서 안전하게 끌어올릴 수 있었으니까요. 오늘날 이 표현은 누군가를 진정시킬 때, 걱정하지 말고 긴장 풀라는 말로 사용된답니다.

MOment

얼음 위에 있어야 할 소가 보이지 않는다고요? 당황하지 마세요-!
소도 우(牛), 근심 걱정도 우(憂), 소가 없어도 걱정 노노~
You have nothing to worry about!

Ingen ko på isen

Back in the days when the cows of Scandinavia could roam freely all year round, they were routinely taken down to lakes to be watered. In the winter the farmers would make a drinking hole in the frozen lake to allow the parched bovines to slake their thirst. Sometimes, if the ice was too thin to withstand the weight of half a ton of grass-fed beef, the ice would break. There was no need to panic, however: as long as the cow's rump and hind legs were on solid ground, she could be safely encouraged back from the water's edge with a firm tug of the tail. Nowadays the expression is used to calm someone down, when you want them to chill out and not worry.

Det koster det hvide ud af øjnene

If there's no price tag, proceed with caution, as in all likelihood you won't be able to afford the item in question. If you make the mistake of enquiring about the price, you are likely to get an unpleasant surprise – one that might cause you to widen your eyes in alarm. Perhaps that's why something described in English as 'costing an arm and a leg' costs the whites of the eyes in Danish.

눈 흰자 값이다

It costs the whites of the eyes

가격표가 없을 때는 신중하게 처신하세요. 십중팔구 해당 물건을 구매할 여력이 안 될 가능성이 높으니까요. 만약 직원에게 가격을 문의하는 실수를 저지른다면, 달갑지 않은 놀라움에 직면할 확률이 높습니다. 놀라서 두 눈이 휘둥그레 커질지도 몰라요. 그러니 막대한 돈이 드는 일을 두고 영어로는 '팔다리 값Costing an arm and a leg'이라고 하는 반면, 덴마크어로는 눈 흰자 값이라고 하는 거겠죠.

MQ_ment

쇼핑 꿀팁이네요. 가격표가 없다면 물어보나 마나 동공이 지진할 가격일 수 있으니, 눈을 질끈 감고 물어봐야겠군요!

Norway

그냥 블루베리일 뿐이야

It's only blueberries

평소라면 점잖은 스칸디나비아인들도 베리에 대해서만큼은 이야기
가 다릅니다. 무엇보다 높은 가치를 두고 마법과 다름없는 경지
로 베리를 대한다는 사실을 우리는 이미 배웠습니다. (40페이지 참
고) 그곳의 긴긴 여름날과 백야는 조립식 가구로 유명한 특정 가
구점에 방문한 적이 없다면 아마도 한 번도 들어본 적 없을 야생
의 제철 베리들을 풍부하게 길러내지요. 링곤베리(월귤) 들어보셨어
요? 클라우드베리(호로딸기)는요? 흔히 판매하는 비대하고 살이
허연 블루베리와 달리, 스칸디나비아의 블루베리는 속까지 진한
보라색을 띠며 항산화 성분 못지않게 맛으로도 꽉 차 있습니다.
(옷에 영원한 얼룩을 남기는 신비한 능력도 있고요.) 따라서 이 표현의
탄생 배경에는 살짝 의문이 듭니다. 무언가 '쉬운 것', '하찮은 것'
또는 '소량'을 뜻하는 말이거든요.

MOment

누구 것이 더 우월한지, 누가 한두 알 더 많이 가져갔는지 아옹다옹
다투지 마세요. 어디까지나 그저 블루베리일 뿐이니까요.

Det er bare blåbær

have already learned that the otherwise modest Scandinavians rate their berries highly (see page 40) and find them nothing short of magic. The long summer days and midnight sun create an abundance of wild, seasonal berries that you probably won't have heard of unless you have visited a certain furniture shop famous for its flatpacks (lingonberries anyone? Cloudberries?). Unlike the oversized shop-bought and palefleshed blueberries, Scandinavian blueberries are deep purple all the way through and as packed with flavour as they are with antioxidants (and a mysterious ability to stain clothes forever). It is therefore slightly puzzling how this saying came about, as it means 'something easy', 'insignificant', or 'a small amount of something'

역자의 말

언어를 초월하는 익숙함과 위로감

옛말에 책은 표지로 판단하지 말고, 강아지는 털로 판단하지 말라 했건만! 고백할게요. 저는 이 책의 표지를 보는 순간부터 마음을 빼앗기고 말았답니다. 차가운 색상과 간결한 도안 속에서 은근하게 묻어 나오는 포근함과 따수움이란…! 이게 바로 언젠가부터 우리의 시선을 사로잡은 '북유럽 감성'의 특징이겠죠.

그런데 이렇게 외양, 즉 '털'로만 접하던 북유럽 혹은 스칸디나비아 특유의 분위기는 그들의 정서를 그대로 반영하고 있었습니다. 이 책에서 소개하는 4개국 50여 개 관용표현을 접하다 보면 이들이 얼마나 무뚝뚝하면서도 은근슬쩍 웃기길 좋아하고 자연을 사랑하는지 알 수 있기 때문입니다. 물론, 각국의 산딸기 부심에서 느껴지듯 덴마크, 노르웨이, 스웨덴, 그리고 핀란드를 자세히 들여다보면 그들 사이에도 보이지 않는 경쟁과 차이는 존재하지만요.

한 장 한 장 책장을 넘기다 보면, 그림 속 덥수룩한 '털', 아니 수염 아래로 웃을랑 말랑 입꼬리를 씰룩거리며 웃음마저 절제하는 그들의 진짜 표정이 비로소 보이실 거예요. 그러면서 곳곳에서 마주치는 우리와 묘하게 닮은 구석은 언어를 초월하는 익숙함과 위로감마저 안겨주지요. 잊을 만하면 자꾸만 '죽'을 거론하는 그들이나, 걸핏하면 '떡'을 들이대는 우리나 매한가지니까요. 영어권 화자들이 수시로 '빵'이나 '케이크'를 거론하는 것과도 연결되고요. 이런 얽히고설킨 주변의 무수한 연결고리들을 보물찾기 하듯 발견하는 즐거움을 여러분도 만끽하시기 바랄게요.

역시나 북유럽스럽게 군더더기 없이 담백하고 간소한 해설과 일러스트는 여러분의 상상력을 발휘하기에 충분한 여백을 허락할 거예요. 북유럽의 대표적인 패턴이자 우리나라에서도 사랑받는 '헤링본(herringbone)'의 '헤링(herring, 청어)'이 애인에게 선사할 수 있는 최상급 찬사라니! 제아무리 미래에 AI(인공지능)가 발달해 우리의 언어장벽을 허물어준다 한들, 이런 깨알 같은 발견의 재미는 절대 AI에게 양보하고 싶지 않지요.

이 책과 함께 가깝고도 먼 북유럽으로 짧지만 즐거운 여행을 떠나 보세요. 반드시 직접 날아가지 않더라도, 알고 보면 이케아(IKEA, 스웨덴)가 한국에 상륙하기 훨씬 전부터, 우리는 산타 할아버지(핀란드)를 기다리고 레고(덴마크) 블록을 쌓으며 〈인어공주(덴마크)〉와 〈겨울왕국(노르웨이)〉, 〈반지의 제왕(북유럽 신화)〉과 함께 조금씩 북유럽을 호흡해 왔답니다.

번역을 마치며

안현모

지은이와 옮긴이에 관하여

지은이 _ 카타리나 몽네메리(Katarina Montnémery)

스웨덴 남부에서 태어나 자랐으며, 그곳에서 자연을 만끽하고 카다멈빵을 먹으며 바다에서 수영하는 것을 좋아했다. 옥스퍼드와 런던에서 오랫동안 출판업에 종사했다. 영국에서 생활하며 스칸디나비아반도 인근 나라들의 문화가 매우 독특하고 유별나 보인다는 사실을 깨달았다. 특히 최근 일부 국가에서 스웨덴 문화를 특이하게 여긴다는 사실을 알고 있다. "스웨덴 친구는 왜 그렇게 말을 했을까?" 이에 대한 의문에 그는 서로의 언어를 이해하면 마음도 통할 것이라 믿는다. 세상을 연결하는 가장 강력한 힘을 발휘하는 것이 언어라는 걸 많은 이에게 전하고 싶다. 그녀는 2019년 영국에서 스웨덴으로 돌아와 연인과 함께 말뫼에서 생활하고 있다.

옮긴이 _ 안현모

대학에서 언어학을 공부했고, 대학원에서 통번역을 전공했다. 익숙함과 낯섦이 포옹하듯 균형을 이루는 짜릿하면서도 안정적인 감각을 좋아한다. 그래서 매일의 일상을 사랑하고 아끼는 만큼 온 세상을 누비고 여행하는 것을 즐기며, 그 안의 사람들과 주고받는 모든 언어와 소통에서 소중한 희열을 느낀다.

마음을 전할 땐 스칸디나비아처럼

은유와 재치로 가득한 세상

초판 1쇄 발행	2022년 7월 25일
지은이	카타리나 몽네메리
그린이	나스티아 슬렙소바
옮긴이	안현모
펴낸이	신민식
펴낸곳	가디언
출판등록	제2010-000113호
주소	서울시 마포구 토정로 222 한국출판콘텐츠센터 306호
전화	02-332-4103
팩스	02-332-4111
이메일	gadian@gadianbooks.com
홈페이지	www.sirubooks.com
출판기획실 실장	최은정 **편집** 김혜수
디자인	이세영
경영기획실 팀장	이수정 **온라인 마케팅** 권예주
종이	월드페이퍼(주)
인쇄 제본	(주)상지사
ISBN	979-11-6778-049-2(03800)